## LIEUTENANT A. LORRIOT

DU 32ᵉ RÉGIMENT D'INFANTERIE

# DE

# L'AUTOMATISME

## DU TIREUR

**PARIS**

# HENRI CHARLES-LAVAUZELLE

Éditeur militaire

10, Rue Danton, Boulevard Saint-Germain, 118

—

(MÊME MAISON A LIMOGES)

# LIEUTENANT A. LORRIOT

DU 32ᵉ RÉGIMENT D'INFANTERIE

## DE

# L'AUTOMATISME

## DU TIREUR

**PARIS**

# HENRI CHARLES-LAVAUZELLE

Éditeur militaire

10, Rue Danton, Boulevard Saint-Germain, 118

(MÊME MAISON A LIMOGES)

# DE L'AUTOMATISME

## DU TIREUR

---

« L'instruction du tir, lit-on à la première page du règlement provisoire de 1902, a pour objet de préparer au tir de guerre le soldat, les groupes et leurs chefs. »

Et plus loin, nous lisons encore :

« L'instruction individuelle du tireur est la base de tout l'enseignement du tir. »

Remarquons, en passant, l'insistance logique avec laquelle les auteurs de nos récents règlements se sont attachés à spécifier rigoureusement que l'instruction des troupes, qu'il s'agît de tir ou de manœuvres, avait pour but unique là préparation *à la guerre* (1). C'est par ces mots que débutent les deux règlements provisoires des 8 octobre et 18 novembre 1902.

L'instruction individuelle du tireur a comme point de départ, non seulement en France, mais (et nous pourrions dire *surtout*), dans toutes les armées étrangères, l'enseignement d'un certain nombre d'exercices, dits *exercices préparatoires*, ainsi dénommés parce qu'ils sont réellement, en théorie comme en pratique, la préparation indispensable de tous les enseignements que le soldat recevra ultérieurement au point de vue du tir, et

---

(1) Cf. Règlement provisoire de manœuvres, titre I, art. 1 ; Règlement provisoire de l'instruction du tir, introduction, alinéa 1.

comme la matière même, la substance de sa valeur individuelle comme tireur. Ainsi que l'écrivait il n'y a pas longtemps le général *Philebert*, « ils sont ce que la grammaire est au langage, et c'est ainsi que les envisage l'enseignement des écoles de tir, où toute l'attention et toute l'intelligence des instructeurs sont appelées sur leur importance dans les moindres détails » (1).

Si l'on examine, en effet, d'un peu près la série de ces exercices, tels que les comprend le nouveau règlement, on est frappé de la multiplication, de la variété, de la minutie même des détails d'instruction. La matérialisation de l'enseignement, l'emploi recommandé des images, la démonstration incessante par l'exemple, la division du travail poussée aux plus extrêmes limites, la nécessité, imposée à l'instructeur, de se plier aux conformations individuelles, les prescriptions répétées en vue d'aboutir au moindre effort, enfin, la liberté de mouvements et d'allures laissée au soldat chaque fois qu'elle est possible, et l'initiative quasi-absolue laissée à l'instruction pour l'enseignement de détail, telles sont, semble-t-il, les caractéristiques du règlement provisoire du 18 novembre 1902, en ce qui regarde l'instruction individuelle théorique et pratique au moyen des exercices préparatoires de tir.

D'autre part — et c'est alors le côté moral de l'homme qu'il faut considérer et l'influence que ces exercices peuvent avoir sur son rendement moral comme soldat — il ressort très nettement, et de certains passages du même règlement, et de certaines prescriptions du règlement provisoire de manœuvres, qu'on a voulu, par la fréquence, par la répétition, par la continuité des exercices, créer chez le soldat une foule d'habitudes, de bonnes

---

(1) *La question du tir.*

habitudes s'entend, faire passer dans les réflexes ces mêmes exercices, en un mot obtenir de l'automatisme.

Nous n'avons ici, en fait de textes, que l'embarras du choix.

« Les soldats peuvent être considérés comme exercés lorsqu'ils exécuteront les mouvements *sans hésiter*... Une pratique *répétée* et *continue* de la mise en joue peut seule donner *l'aisance* qu'il y a intérêt à développer chez les tireurs (1) »

« Tous les mouvements du corps et de l'arme pratiqués dans les exercices de tir sont *répétés fréquemment*, et pendant tout le cours de l'année, de manière à amener le soldat à les exécuter *automatiquement* (2). »

« Il convient de *rompre* le soldat, par une *pratique journalière*, au *maniement* et à *l'emploi de l'arme à feu*, de telle sorte que l'usage lui en devienne *aisé* et *habituel* comme celui d'un *outil familier*..., on *l'assouplit* à manier son fusil, *pour la charge et pour le tir sans hésitation ni fausse manœuvre*..., à charger, approvisionner, apprêter le mécanisme pour le tir coup par coup et à répétition, *et pour passer de l'un à l'autre, dans toutes les positions, de nuit comme de jour*..., à placer la troupe, à mettre en joue *vivement*, à bras francs et sur appui, à viser un point, à tirer et à recharger... Quelques instants consacrés à ce travail tous les jours, dans les chambres, au dehors, et même en terrains variés, formeront des tireurs souples, aisés, sûrs d'eux-mêmes, mieux que ne le pourraient faire des exercices *intensifs* et *prolongés* (3). »

L'ancien règlement de 1884, modifié en 1894, disait déjà à ce propos : « L'efficacité du tir dépend en grande

---

(1) Règlement provisoire sur le tir, art, 61, *in fine*.
(2) *Idem*, art. 63.
(3) Règlement provisoire de manœuvres, titre II, art. 91.

partie de l'assouplissement des hommes aux mouvements du tireur. Les exercices relatifs à l'exécution des feux doivent être *fréquemment répétés*, de telle sorte que les hommes arrivent à *exécuter rapidement*, et pour ainsi dire *machinalement*, les mouvements de la charge et de la mise en joue en visant un point désigné, et de l'action du doigt sur la détente (1). »

Cette préoccupation de l'automatisme, que l'on peut constater à chaque pas dans l'étude de nos règlements actuels, n'est pas spéciale à nos auteurs. On la trouve, et depuis longtemps, dans les règlements étrangers. « La charge *rapide*, l'exécution *adroite* de la charge à répétition, l'installation *rapide* et *sûre* de la hausse, la mise en joue *prompte* et *régulière* dans toutes les positions, la *découverte rapide du but*, sont les conditions auxquelles le tireur doit s'exercer constamment, et sans lesquelles l'arme de jet donnée à l'homme ne peut être employée utilement sur le champ de bataille. Ces exercices continuent pendant tout le temps du service de l'homme (2). »

Le *règlement allemand de 1898* répète les mêmes prescriptions en des termes presques identiques. Les mots *rapide, prompt, sûr, adroit, correct, régulier* reviennent et s'associent à chaque ligne.

« Le soldat, dit le *règlement autrichien*, doit, pendant toute la durée de son service actif, être exercé *chaque jour* au pointage, à la mise en joue et à l'action du doigt sur la détente, afin d'acquérir une telle habileté et une telle sûreté dans l'exécution de ces mouvements que, *dans toutes les positions du tireur et dans toutes les circonstances*, même *au milieu de l'émotion du combat*, il arrive, uniquement par *l'habitude* qu'il en aura prise, à *diriger sur l'ennemi* un coup ajusté. »

---

(1) Règlement de 1884-1894, école du soldat, n° 235.
(2) Règlement allemand de 1887.

Le *règlement belge* est encore plus précis, s'il est possible.

« Il est de la plus haute importance que, dans toute la durée de leur service, les soldats soient exercés chaque jour au pointage, à la mise en joue, à l'action du doigt sur la détente, afin d'acquérir une telle *habitude* et une telle *sûreté* dans l'exécution de ces mouvements, que, *dans toutes les positions, et dans toutes les circonstances, même au milieu de l'émotion du combat*, ils arrivent, *par la force seule de l'habitude*, à utiliser, à chaque coup, la justesse de leur arme. »

Nous pourrions multiplier ces citations à l'infini. La préoccupation d'inculquer au soldat un certain nombre d'habitudes, de convertir ces habitudes *en un véritable automatisme*, est, à l'étranger, comme chez nous, constante; à l'étranger comme en France, elle est la pensée directrice qui a présidé à la rédaction des exercices préparatoires de tir, et il paraît bien que l'instructeur de tir qui comprendra le mieux son rôle sera celui qui, en fin de ces exercices, livrera au *groupe* et au *chef de groupe* un soldat exécutant *automatiquement*, non seulement tous les mouvements que comporte le fusil même, mais encore ceux que suppose son emploi rationnel (postage, utilisation des appuis, etc. etc.).

Qu'est-ce donc que l'automatisme? Peut-on et doit-on l'obtenir? Dans quelle mesure pourra-t-on l'utiliser, et quels services rendra-t-il au combat? En supposant qu'on le réalise en vue du succès, *a-t-on le droit de mettre ainsi la main sur la volonté de l'homme*, de multiplier chez lui des réflexes qu'il n'utilisera peut-être jamais? Telles sont les questions que nous allons passer rapidement en revue.

Qu'est-ce que l'automatisme?

L'homme, comme tous les animaux supérieurs, possède deux centres nerveux, la *moelle épinière* et le *cer-*

veau, ainsi que des *nerfs moteurs*, grâce auxquels la *volonté*, issue du cerveau, transmet aux muscles l'ordre d'agir. Or, la moelle épinière a un pouvoir propre qui consiste à provoquer des excitations motrices dans les muscles sans le secours du cerveau, et sans l'ordre de la volonté. Si on coupe la tête à une grenouille, l'animal s'agite, puis s'arrête. Si l'on touche une de ses jambes avec une goutte d'eau acidulée, on provoque immédiatement une contraction. Si la grenouille avait encore son cerveau, on pourrait dire qu'en se contractant, l'animal a fait acte de volonté consciente, que c'est le cerveau qui a transmis au muscle l'ordre de réagir. L'ablation du cerveau détruit cette hypothèse; le mouvement de contraction exécuté par la grenouille n'est qu'une *réponse mécanique* à une excitation vive; ce mouvement n'est qu'un *réflexe*. L'impression sensitive remonte le long du nerf sensitif qui l'a reçue jusqu'à un point donné de la moelle épinière d'où part un nerf moteur. La fin du nerf et le commencement du nerf moteur se rencontrent dans une même cellule de la moelle épinière d'où part un troisième filet nerveux se dirigeant vers le cerveau. Si cette impression sensitive, au lieu de cheminer vers la tête par ce troisième filet ascendant, s'arrête dans la moelle épinière, celle-ci la renvoie transformée en mouvement dans la direction du muscle où le nerf moteur la conduit. L'impression se réfléchit sur le centre moteur, et revient sur elle-même au lieu de continuer sa route, comme se réfléchissent les ondes sonores de la voix qui, se heurtant contre un mur, reviennent en arrière pour produire l'écho (1).

Le mouvement réflexe est l'écho d'une impression sensitive.

______

(1) Cf. D<sup>r</sup> Lagrange : *Physiologie des exercices du corps*, ouvrage très précieux à consulter par tous ceux que préoccupe l'éducation physique du soldat.

Mais est-il nécessaire que le cerveau ait disparu pour que les mouvements réflexes se produisent? Non. Il suffit seulement qu'il ne prenne aucune part à l'activité musculaire. Dès lors, celle-ci n'est plus voulue et se manifeste inconsciemment, comme on l'observe chez un homme préoccupé qui, suivant une expression aussi vulgaire que juste, a *la tête ailleurs* et ne songe pas à ce qu'il fait. La marche est l'exemple le plus frappant de ce genre de mouvements. Laborieusement apprise par l'enfant, elle est devenue, dans la suite, d'une exécution si facile que le cerveau n'y prend plus aucune part. Que se passe-t-il en effet dans la marche?

Au commandement de : *Marche*, le soldat part; la sensation que produit le sol sur la plante du pied quand il s'y repose détermine, par effet réflexe, un mouvement de l'autre membre, qui vient, à son tour, se poser en avant du premier, et ainsi de suite. Cette succession régulière des mouvements des jambes, qui sont tantôt reposées sur le sol, tantôt enlevées de terre, peut se faire sans que la volonté y prenne part, et sans que le cerveau en ait conscience, jusqu'au commandement de : *Halte*, qui, en sollicitant l'attention, vient briser la chaîne ininterrompue des réflexes, et déterminer le mouvement, cette fois conscient et volontaire, de l'arrêt (1).

Nous avons cité l'exemple de la marche qui, réellement, est le type de l'exercice automatique. Nous pourrions en relater bien d'autres : le pianiste, qui, à force d'entraînement, laisse courir ses doigts sur le clavier sans penser à ce qu'il joue; l'escrimeur, dont toute la vie et la sensibilité, au cours d'un assaut, paraissent concentrées dans la main qui tient l'épée! Car c'est bien d'automatisme qu'il s'agit en escrime. Dès que le tireur a *conçu* le coup qu'il veut exécuter, il laisse à ses doigts

_______

(1) D<sup>r</sup> Lagrange, *op. citat.*

le soin d'agir. Écoutons sur ce point la parole subtile de M. Legouvé : « Ces doigts frémissent, palpitent sous l'influence du fer qui touche le leur, *comme si un courant électrique leur en communiquait tous les mouvements. Ils n'ont nul besoin du secours de la vue pour suivre l'épée ennemie,* car le tireur véritable fait bien plus que de la voir : il la sent, la palpe, la maîtrise par le tact; *il pourrait la suivre tout en ayant les yeux bandés* (1). »

Toutes les parades, du reste, se font automatiquement.

N'est-ce pas également le cas du rameur, du bicycliste qui, une fois *en forme*, fournissent automatiquement, dans un temps donné, un nombre régulièrement identique de coups de pédale ou de coups de rame ?

Ces quelques exemples, qu'il est inutile de multiplier, nous suffiront pour dégager les caractères principaux de l'acte automatique, caractères qui sont *l'absence de fatigue* ou plutôt l'énorme diminution de la fatigue, et *l'absence presque absolue de la volonté.*

On peut bien dire, en effet, qu'en comparaison du *travail* exécuté soit par le marcheur, soit par le rameur, la fatigue est quasi nulle. Si l'on convertit ce travail en kilogrammètres, on est effrayé de la somme d'efforts réalisés automatiquement. Les coureurs *Terront* et *Corre* ont fourni chacun, en vingt-quatre heures, dans la course Bordeaux - Paris, environ 500.000 coups de pédale; ils sont arrivés presque *frais* parce que leurs mouvements étaient analogues à celui de la grenouille dont nous parlions tout à l'heure et à laquelle *Flourens* avait enlevé la tête, — parce qu'ils faisaient de l'automatisme.

Mais, dira-t-on, que faites-vous du *surmenage* ? Ne peut-il résulter d'une fatigue réelle, même si cette fa-

---

(1) *Le Temps*, 15 mars 1903.

tigue n'est pas sentie? Cela est évident, et c'est là un des triomphes de l'acte automatique d'abolir à ce point la volonté et la sensibilité que l'homme peut tomber *fourbu* avant d'avoir pris conscience de l'épuisement de ses forces. Nous ne nous étendrons pas sur ce cas qui ne s'applique qu'aux actions violentes et continues; ne perdons pas de vue qu'il s'agit simplement ici de savoir si le tireur de guerre peut retirer quelque bénéfice de l'acte automatique. Or, nous croyons bien avoir suffisamment prouvé que cet acte supprimait presque entièrement la fatigue.

Nous ajoutons maintenant qu'il supprime, au cours de son exécution, l'intervention de la volonté, et cette vérité découle des observations précédentes. La grenouille de Flourens, avons-nous dit, ne faisait pas d'acte volontaire. A chaque pas qu'il fait en avant, le marcheur ne *veut* pas marcher (1); à chaque coup de rame, à chaque coup de pédale, le bicycliste ou le rameur ne *veulent* pas ramer ou courir; l'escrimeur, qui bat l'épée, double, dégage, se fend ou pare, dans une action automatique et concomitante de ses doigts, de son bras et de ses jambes, ne *veut* pas *successivement* tous ces mouvements; ce sont ses réflexes seuls qui les exécutent. Cela est hors de doute; ce sont là des actes purs de la moelle épinière; seuls la moelle épinière et le muscle sont en cause; le

---

(1) Cela est si vrai que ce n'est qu'au prix d'une très grande fatigue musculaire et cérébrale qu'on parvient à transformer en acte volontaire un acte habituellement automatique. « Les marches de nuit sont très fatigantes, écrit le docteur Boilureaux; car, la nuit, l'homme dépense une grande somme d'influx nerveux pour régler son pas ; l'automatisme de la moelle ne s'exerce pas dans toute sa plénitude comme dans le jour sur une route unie, et le *cerveau* est obligé *d'intervenir* à tout instant *pour diriger* les mouvements des membres ; de là la fatigue cérébrale qui se traduit par un épuisement rapide. »
On ne saurait mieux dire.

cerveau, la volonté qui en émane, sont, en la matière, hors de cause.

Et cette vérité est si évidente que la volonté, absente de l'automatisme, peut complètement s'occuper ailleurs pendant l'accomplissement des réflexes. Un poète fait des vers en marchant; les péripatéticiens se livraient, en se promenant, aux plus graves, aux plus ardues discussions philosophiques. Sans sortir de nos exemples, le pianiste qui joue *de mémoire*, le rameur ou le bicycliste entraînés, soutiennent parfaitement une conversation sans perdre une note, un coup de rame ou un coup de pédale. Tel est, en effet, le principal caractère de l'acte automatique, qu'*il laisse la volonté libre*, qu'il dégage le cerveau de toute préoccupation inhérente à l'acte musculaire soumis au seul réflexe; *il permet à la pensée de travailler* pendant que, de son côté, le muscle fait sa besogne indépendante. Il permet, en un mot, à deux actes, l'un conscient, l'autre inconscient, de se manifester parallèlement, sans se mêler l'un à l'autre. Caractère précieux, dédoublement de la personnalité finement analysée jadis par Condillac (1), et, depuis, par Xavier de Maistre (1), et dont on entrevoit déjà la portée à l'appui de notre thèse : l'automatisme est-il utile au tireur de guerre ? « Cette facilité que nous donne l'habitude, pour accomplir des actes intelligents sans perception personnelle, nous permet de faire sans cesse de nouveaux progrès et d'employer notre intelligence à des œuvres plus élevées; *cet automatisme est la condition de notre progrès* (2). » Ce ne sera donc point rabaisser le niveau moral de l'homme, du soldat, que de tâcher d'agrandir le champ de ses réflexes; ce ne sera pas diminuer sa person-

---

(1) Condillac : *Traité des animaux*, III, 553; Xavier de Maistre : *Voyage autour de ma chambre*, passim.
(2) Dʳ Pierre Janet : *De l'automatisme psychologique.*

nalité; au contraire, on l'étendra, puisqu'on affranchira la conscience d'actes purement manuels, qui, sans l'automatisme, absorberaient toute la volonté.

Il y aurait peut-être lieu d'insister ici sur un troisième caractère de l'automatisme : la *perfection relative* de l'acte accompli automatiquement. Nous ne nous y arrêterons cependant pas outre mesure, tout d'abord parce que c'est une question d'évidence; l'automatisme est un retour à l'instinct, lequel agit parfaitement. D'autre part, ce retour complet à l'instinct non seulement est impossible chez l'être pensant, mais ne serait pas souhaitable en matière de tir. Il est prouvé depuis longtemps que si l'arme et le tireur étaient absolument parfaits, l'efficacité du tir collectif en serait grandement diminuée; la dispersion serait quasi nulle; si on parvenait à la supprimer mathématiquement, il faudrait l'obtenir au moyen d'artifices; c'est une des principales raisons qui s'opposent à l'adoption des mitrailleuses pour le tir à longue distance. Mais retenons cependant ceci, c'est que cette perfection relative qui naît de l'automatisme sera un facteur précieux pour la conservation des qualités du tireur. On ne fait bien que ce que l'on fait souvent — et l'on ne continue à bien faire que ce qu'on a bien fait longtemps. Avec le service à court terme, les guerres de moins en moins fréquentes et les appels de plus en plus échelonnés, il est de première importance que les réservistes retrouvent, au cours de leurs rares périodes ou d'une mobilisation subite, les qualités qu'on leur aura inculquées pendant leur temps de service. Or, ces qualités, ils les retrouveront d'autant plus facilement que leur dressage aura été plus parfait au point de vue de l'automatisme. C'est à ce moment seulement, où il n'est plus temps d'apprendre, où l'action prime tout, que le soldat comprendra l'importance de son éducation automatique, grâce à laquelle il accomplira sans fatigue, sans y penser, et presque parfaitement les actes essentiels du champ de bataille : mettre en joue, viser un point, agir sur la détente, faire partir le coup, recharger, etc., etc.

Il nous reste maintenant à examiner à quelles conditions on obtiendra l'automatisme, et si ces conditions sont implicitement réalisées dans nos règlements provisoires.

A première vue il nous apparaît que deux conditions sont rigoureusement nécessaires pour qu'un acte entre rapidement dans les réflexes; il faut d'abord qu'il soit *facile à exécuter*, puis qu'il soit exécuté avec *régularité*.

Plus un exercice est difficile, en effet, plus il nécessite l'intervention de la volonté et la concentration de l'esprit. Et cependant les exercices qui étaient les plus difficiles au début finissent par s'exécuter automatiquement. Cela est visible dans l'escrime et dans l'équitation; au début, on peut dire que le degré d'automatisme est nul; puis, l'entraînement aidant, le nombre des actes conscients diminue peu à peu, pour devenir tout à fait infime par rapport à la quantité des réflexes. De là cette aisance souple et élégante qui semble si *naturelle* aux profanes, et qui, en réalité, n'est que le fruit d'un long apprentissage et d'un travail soutenu (1). Si donc on obtient de tels résultats pour des exercices difficiles, il semble qu'on doive en réaliser de plus remarquables encore lorsqu'il s'agit d'actes qui intéressent non plus une grande quantité de muscles, mais une catégorie très spéciale et très restreinte. Qu'est-ce que l'éducation musculaire, sinon l'exacte répartition des efforts entre les différents muscles et la limitation de ces efforts au minimum pour l'exécution d'un même mouvement? Or, est-il au monde une instruction qui se prête, plus que

---

(1) Dr Lagrange, *op. citat.*

celle du tir, à la répartition des efforts, à la décomposition des règles et à la division du travail, ces trois conditions de l'exercice facile, ces trois conditions du moindre effort?

Une fois ces conditions obtenues, et qui sont essentielles pour rendre un exercice facile, il faudra les perpétuer par la *régularité*, jusqu'à la fin de l'apprentissage, jusqu'à ce que l'accoutumance soit devenue de l'automatisme. Au risque de paraître émettre une opinion surannée, nous ne serions pas éloignés de dire qu'en matière d'exercices de tir, et surtout d'exercices préparatoires, tels que les mises en joue rapides, l'action respiratoire, les mouvements de la charge et les positions du tireur, la *cadence* et le *rythme* seraient d'une incontestable utilité. Ils serviraient à faire entrer dans les réflexes, et conséquemment dans l'automatisme, les actions essentielles du tireur, lequel, en fin de compte, lorsqu'il aurait à utiliser ces actions, soit individuellement, soit dans le tir de groupe, ne s'occuperait pas plus du rythme ou de la cadence que ne s'en occupe le fantassin bien dressé qui marche au pas sans tambour ni trompette.

Nous avons défini l'automatisme, en étudiant son point de départ qui est le mouvement réflexe; nous avons souligné la tendance des règlements français et étrangers à faire entrer l'automatisme dans l'instruction et l'éducation du tireur; nous avons essayé de mettre en évidence les principaux caractères et les conditions de l'acte automatique. Il nous reste à voir maintenant dans quelle mesure ces conditions sont réalisées par nos règlements de tir et de manœuvre, et si, grâce à cette réalisation, nous pourrons faire bénéficier le soldat des caractères de l'automatisme; caractères dont on découvre facilement maintenant les grandes conséquences puisqu'ils ne tendent à rien moins, au prix d'un effort facile et d'un apprentissage presque agréable, qu'à *assurer la liberté d'action et de pensée au soldat*, et à augmenter sa confiance en lui-même dans cette circonstance capitale de la guerre, qui est le combat.

Et d'abord, qu'il nous soit permis de regretter que nos exercices préparatoires de tir ne soient point précédés d'un petit préambule qui eût trouvé naturellement sa place en tête de nos règlements; nous voulons parler d'un court exposé, net et précis, orné même de quelques chiffres, qui, commenté par le capitaine, remplacerait avantageusement la meilleure des conférences dites « morales ». Ce texte ferait ressortir, par exemple, l'utilité générale du tir, lequel est, avec la marche, un des grands facteurs de la vie militaire. Marcher et tirer n'est-ce pas, à la guerre, presque toute la besogne du soldat? Nous savons bien que le capitaine, que les officiers instructeurs de tir ne seront pas embarrassés pour trouver, soit dans les tableaux et annexes du règlement du 18 novembre 1902, soit dans la masse même des textes, matière à causeries, et à causeries à la fois instructives et chaleureuses; mais il nous semble qu'il eût été fécond de suggérer ces causeries dans une sorte de *frontispice* réglementaire, dans lequel les hautes autorités militaires qui ont élaboré et rédigé ces règlements auraient exposé, en même temps que l'importance et la nécessité de l'éducation du tireur, la valeur de notre armement, valeur incontestable dont la conviction ajouterait à la force morale du soldat; celui-ci, pénétré ainsi à la fois de l'utilité et de la nécessité de tous les exercices qu'on lui demandera, serait, par là même, tout naturellement disposé, non pas à en subir, mais à en accepter d'avance les prescriptions les plus minutieuses. Ajoutons qu'on pourrait encore, avant tout exercice de tir, expliquer au soldat, en quelques mots, ce qu'on va faire et le pourquoi de ce qu'on va faire. Pour la plupart des soldats, en effet, tirer à la cible, c'est exécuter un tir de tant de cartouches, à telle distance, sur une cible donnée. Mais pourquoi ce nombre de cartouches, pour quelle raison cette distance, pour quel motif cette cible plutôt que telle ou telle autre?... Ce sont là des explications qui les intéresseraient peut-être, mais qu'ils ne demandent pas, et que, par conséquent, on ne songe pas à leur donner. Or, ce serait pourtant le meilleur moyen de tenir en éveil, d'un exercice, d'un tir à l'autre, l'attention du soldat; et l'instructeur qui possède l'attention du soldat est bien près de tenir son cœur. En tout cas, ce procédé, qui devrait être la règle générale dans toutes les branches de l'éducation militaire, s'imposerait dans l'enseignement du tir; et il devrait s'imposer d'autant plus, au moment même où l'on se prépare à créer, chez des êtres intelligents et dans des volontés libres, des habitudes, des réflexes, de l'automatisme.

Ceci dit, il faut avouer que les auteurs de nos règlements provisoires de manœuvre et de tir se sont ingéniés merveilleusement pour donner aux instructeurs les moyens d'inculquer au soldat, progressivement, régulièrement, et avec le moindre effort, de bonnes habitudes. Qu'on relise les citations que nous avons données plus haut! Qu'on relise surtout la partie du règlement sur le tir qui est consacrée aux exercices préparatoires, et l'on demeurera frappé de la science et de la méthode qui ont présidé à l'élaboration de ces exercices. Dans ces textes, tous les mots portent et ont une valeur particulière; telle ligne résume tout un chapitre de gymnastique appliquée, telle autre ligne est le résultat d'observations physiologiques ou médicales nombreuses et répétées; telle autre suppose une profonde connaissance de l'homme et du cœur humain.

La répétition méthodique, graduée, régulière, l'ordre invariable des exercices amèneront l'habitude, en même temps que leur variété supprimera la fatigue et, par suite, l'effort. L'intérêt naîtra de la variété. L'enseignement par l'exemple, par l'image, par la matérialisation; des séances courtes mais fréquentes; une liberté relative de mouvements; une gymnastique appropriée de l'œil, des bras, des poumons; une gymnastique spéciale des jambes, des doigts; le placement individuel et judicieux du corps, du pied, du genou, du coude, des mains, de l'index, de la tête; une division du travail intelligente, qui met l'instructeur en garde contre la décomposition exagérée des mouvements; une instruction lentement progressive au service d'une initiative sagement prévue et recommandée; toutes les prescriptions détaillées, réitérées, enseignées par des cadres patients, instruits, adroits, persévérants et surtout très actifs; telle est la somme d'enseignements de ces exercices, qui créeront ainsi des habitudes de plus en plus régulières et fortes, et cet automatisme qu'il serait si précieux de retrouver chez le réserviste lors des périodes d'appel.

L'habitude se créera d'elle-même si — pour prendre un exercice spécial — l'instructeur veille seulement à ce que le soldat « ne perde pas de vue l'objectif pendant toute la durée du tir ». Obligé de manœuvrer la culasse, d'éjecter l'étui vide, de prendre une cartouche, de recharger, de refermer la culasse, sans regarder son arme, il acquerra vite l'automatisme de ces mouvements, et son bras, sa main, ses doigts garderont toujours, dans la suite, l'adresse inconsciente ainsi acquise. L'enseignement parallèle de la mise en joue, de l'action du doigt, du chargement de l'arme, du pointage sur le chevalet et des positions du tireur produira la variété, condition de l'attrait, et, par suite, du moindre effort, physique et moral. Les exercices sur le chevalet, menés de front avec les exercices à bras francs, permettront de faire travailler, dans une même séance, la vue, les bras, les jambes et auront le même résultat : de l'instruction obtenue sans ennui, un minimum d'effort avec un rendement maximum. Si l'homme ne peut viser en fermant l'œil gauche, il visera les deux yeux ouverts, comme le chasseur; il visera même en fermant l'œil droit, s'il a déjà cette habitude; car le règlement, créateur d'habitudes, veut cependant utiliser, toujours en vue du moindre effort, les habitudes propres à l'homme. Enfin, c'est dans l'apprentissage de mises en joue rapides, du chargement et de l'approvisionnement de l'arme qu'éclateront et l'ingéniosité de l'instructeur, et la progression du soldat à prendre des habitudes solides et durables, appelées à ne disparaître jamais, à agir, partout et toujours, avec une précision parfaite; il gardera *dans la main* comme on dit, les gestes antérieurement appris.

Quel sera le couronnement de cette éducation? Comment se conduira le tireur qui l'aura reçue? Il saura passer sans transition, dans toutes les situations, à toutes les allures, d'une position quelconque à une autre position quelconque du tireur; pour tirer, il portera l'arme sans effort, sans fatigue, exactement à la hauteur voulue pour prendre la ligne de mire; cette ligne de mire, il l'obtiendra automatiquement, comme un bon chasseur, et, comme ce dernier, visera automatiquement le point désigné; il saura tirer entre deux actes respiratoires, ayant appris à corriger ce réflexe qu'est la respiration par un autre réflexe que tous les lutteurs, que tous les coureurs connaissent; il saura décharger son arme, la charger, l'approvisionner, passer du tir coup par coup au tir à répétition et *vice versa*; interrompre un genre de tir pour en adopter un autre, quitter celui-ci pour un troisième, etc., et tout cela adroitement et vite, car l'adresse, l'automatisme, amèneront la vitesse, laquelle est le facteur essentiel pour faire rendre au tir à répétition ce qu'il doit, légitimement, donner.

Et le soldat accomplira ces actions rapides et parfaites *tout en gardant la liberté de sa pensée et l'indépendance de sa volonté*. Cette liberté du cerveau, cette indépendance du vouloir, loin d'être atteintes par l'automatisme, seront, au contraire, en raison directe de son perfectionnement. De même que le poète et le philosophe peuvent, tout en marchant, c'est-à-dire au cours d'un acte absolument automatique, composer des poèmes, ou se livrer aux spéculations les plus hautes, de même le soldat, sans effort, sans fatigue, régulièrement et quasi parfaitement, accomplira automatiquement les actes purement manuels et mécaniques du champ de bataille, tout en gardant sa pensée attentive aux ordres de son chef, et sa volonté prête à lui obéir. Quel instrument puissant sera alors, entre les mains du chef de groupe, une troupe de soldats ainsi dressée individuellement ! Et comme ces hommes qui auront *dans la main l'outil familier* dont parle le règlement, seront à leur tour *dans la main du chef !* Alors sera vraiment réalisée cette *subordination volontaire* si belle et si féconde dont le principe figure à la première page de notre règlement de manœuvres, et qui ne s'explique que de la part d'un soldat parfaitement instruit et fortement éduqué !

Si le soldat est appelé à combattre isolément, sa pensée et sa volonté, non absorbées par le souci d'actes purement mécaniques, lui seront encore plus précieuses ! Il deviendra alors son propre chef, le chef du groupe que représentent toutes les forces individuelles acquises par lui dès le temps de paix. C'est alors qu'il recueillera le fruit de son éducation comme gymnaste et comme tireur ; c'est alors qu'il sera heureux de trouver, aux ordres d'une pensée libre, d'une volonté prompte et énergique, l'exécution d'actes variés, multiples, qui, en doublant, en triplant sa valeur propre, assureront, dans la plupart des cas, son salut.

Allons plus loin, et ne craignons pas de le dire : l'automatisme au combat, en assurant l'indépendance de la pensée et du vouloir, constitue la supériorité du chef, comme celle du soldat. La gymnastique mentale, incessamment appliquée à la solution de petits problèmes tactiques, habitue l'esprit à envisager, en toutes circonstances, en tout temps et en tous lieux, des situations de combat. Elle oblige l'officier à donner et à rédiger rapidement des ordres clairs, nets et précis, dans un délai minimum; cette gymnastique de l'esprit, bien ordonnée, bien conduite dès le temps de paix, finira par créer, chez le chef, une sorte *d'automatisme cérébral*, grâce auquel, au milieu des émotions du champ de bataille, sa pensée et son cœur resteront aussi libres et aussi forts que dans le silence du cabinet. Et c'est peut-être là qu'il faudrait chercher une partie du secret de la supériorité des grands capitaines !

Tours, 6 avril 1903.

Paris et Limoges. — Imp. milit. Henri CHARLES-LAVAUZELLE.

# Librairie militaire Henri CHARLES-LAVAUZELLE

*Paris et Limoges.*

GUERRE DE 1870. — **La première armée de l'Est.** — Reconstitution exacte et détaillée de petits combats avec cartes et croquis, par le commandant breveté Xavier EUVRARD. — Volume grand in-8º de 268 pages...... 6 »

**L'armée de Metz, 1870,** par le colonel THOMAS. — Vol. in-8º de 252 pages, orné d un portrait et de deux cartes................. 3 »

**Le maréchal Bazaine pouvait-il, en 1870, sauver la France?** par Ch. KUNTZ, major (H. S.), traduit par le colonel d'infanterie E. GIRARD. — Vol. in-8º de 248 p., avec une carte hors texte des envir. de Metz. 4 »

CAMPAGNE DE 1870-71. — **Le 13e corps dans les Ardennes et dans l'Aisne,** ses opérations et celles des corps allemands opposés. Etude faite par le capitaine breveté VAIMBOIS, de l'état-major de la 10e division d'infanterie. — Volume in-8º de 224 pages................. 3 50

**La défense de Belfort,** écrite sous le contrôle de M. le colonel Denfert-Rochereau, par MM. Édouard THIERS, capitaine du génie, et S. DE LA LAURENCIE, capitaine d'artillerie, anciens élèves de l'Ecole polytechnique, de la garnison de Belfort (5e édition). — Volume in-8º de 420 pages, avec trois cartes et plans en couleurs hors texte...................... 7 50

**Histoire militaire de la France depuis les origines jusqu'en 1843,** par Emile SIMOND, capitaine au 28e d'infanterie. — 2 vol. in-32 de 112 et 102 pages, brochés, l'un. » 50; reliés pleine toile gaufrée, l'un..... » 75

**Histoire militaire de la France, de 1843 à 1871,** par Emile SIMOND, capitaine au 28e de ligne. — 2 volumes in-32 de 96 et 104 pages, brochés. l'un. » 50; reliés pleine toile gaufrée................... » 75

**Crimée-Italie.** — **Notes et correspondances de campagne du général de Wimpffen,** publiées par H. GALLI. *Ouvrage honoré d'une souscription du ministère de la guerre.* — Volume grand in-8º de 180 pages....... 5 »

**Tableaux d'histoire à l'usage des sous-officiers candidats aux Ecoles militaires de Saint-Maixent, Saumur, Versailles et Vincennes,** par Noël LACOLLE, lieutenant d'infanterie. — Volume in-18 de 144 pages. 2 50

**Memento chronologique de l'histoire militaire de la France,** par le capitaine Ch. ROMAGNY, professeur de tactique et d'histoire à l'Ecole militaire d'infanterie. — Volume in-18 de 316 pages.......... ......... 4 »

**Précis historique des campagnes modernes.** Ouvrage accompagné de 87 cartes du théâtre des opérations, à l'usage de MM. les candidats aux diverses écoles militaires (2e édition). — Vol. in-18 de 232 p., broché. 3 50

**Sans armée (1870-1871),** Souvenirs d'un capitaine, par le commandant KANAPPE. — Volume in-18 de 336 pages, broché...... ......... 3 50

**La charge de cavalerie de Somo-Sierra (Espagne), le 30 novembre 1808,** par le lieutenant général POUZEREWSKY, traduit du russe par le capitaine Dimitry OZNOBICHINE, de l'état-major général de l'armée russe. — Brochure in-8º de 56 pages avec 2 croquis dans le texte............. 1 50

**Carnet d'un officier.** — **En colonne au Laos (1887-1888).** — Volume in-8º de 72 pages................. 2 »

GÉNÉRAL F***. — **Souvenirs d'un officier de l'armée belge à propos des militaires français internés à Anvers** pendant la guerre de 1870-71. — Brochure in-8º de 22 pages................. » 75

ETUDES DE TACTIQUE APPLIQUÉE. — **L'Attaque de Saint-Privat (18 août 1870),** par Pierre LEHAUTCOURT. — Volume in-8º de 112 pages, avec un croquis dans le texte.................. 2 50

Général LAMIRAUX. — **Le siège de Saint-Sébastien en 1813,** avec un croquis dans le texte. — Brochure in-8º de 54 pages.................... 1 25

**Danger du principe fondamental de Jomini,** par le capitaine L. FARAUD. — Brochure in-8º de 22 pages...................... » 60

1

# Librairie militaire Henri CHARLES-LAVAUZELLE

*Paris et Limoges.*

---

**L'Expédition militaire en Tunisie (1881-1882).** — Fort vol. grand in-8º de 422 pages, avec 7 cartes et croquis, couverture en couleurs...... 7 50

**La 6e brigade en Tunisie,** par le général Ch. PHILEBERT. — Vol. in-8º de 232 pages, orné d'un portrait du général, de 13 gravures et d'une carte en couleurs hors texte du théâtre des opérations..................... 5 »

**Opérations militaires au Tonkin,** par le commandant breveté CHABROL, de l'état-major du 4e corps d'armée. — Volume grand in-8º de 350 pages, avec 72 cartes et couverture en couleurs.......................... 6 »

**Lang-Son,** combats, retraite et négociations, par le commandant breveté LECOMTE. — Volume grand in-8º de 560 pages, broché, imprimé sur beau papier, illustré de 51 magnifiques gravures, têtes de chapitres, culs-de-lampe, vignettes, accompagné d'un atlas contenant 19 cartes et 3 planches. 20 »

**Le Tonkin français contemporain,** études, observations, impressions et souvenirs, par le docteur Edmond COURTOIS, médecin-major de l'armée, ex-médecin en chef de l'ambulance de Kep; ouvrage accompagné de trois cartes en chromolithographie. — Volume in-8º de 412 pages........ 7 50

**Madagascar et les moyens de la conquérir.** Étude politique et militaire, par le colonel ORTUS, de l'infanterie de marine. — Volume in-18 de 228 pages avec une carte au 1/4.000.000. ...................................... 3 50

**Guide de Madagascar,** par le lieutenant de vaisseau COLSON. — Volume in-18 de 220 pages, accompagné de la carte de Madagascar au 1/4.000.000e, des itinéraires de Tamatave à Tananarive, de Majunga à Tananarive, du plan de Tananarive et d'un croquis indicatif des cyclones de l'Océan Indien. 3 50

**L'Expédition du Dahomey en 1890,** avec un aperçu géographique et historique du pays, sept cartes ou croquis des opérations militaires et de nombreuses annexes contenant le texte des conventions, traités, arrangements, cessions, échanges de dépêches et télégrammes auxquels a donné lieu l'expédition, par Victor NICOLAS, capitaine d'infanterie de marine, officier d'académie (2e édition). — Volume in-8º de 152 pages........ 3 »

**Les expéditions anglaises en Afrique.** Ashantee (1873-1874). Zulu (1878-1879), Egypte (1882), Soudan (1884-1885), Ashantee (1895-1896), par le lieutenant-colonel breveté SEPTANS, de l'infanterie de marine. — Fort volume grand in-8º de 500 p., avec 29 cartes et croquis, couvert. en couleurs. 7 50

**Les expéditions anglaises en Asie.** Organisation de l'armée des Indes (1859-1895), Lushai Expedition (1871-1872), les trois campagnes de lord Roberts en Afghanistan (1878-1880), expédition du Chitral (1895), par le lieutenant-colonel breveté SEPTANS, de l'infanterie de marine. — Vol. **gr.** in-8º de 350 p., avec 17 cartes et croquis, couverture en couleurs... 7 50

**Petites guerres.** Leurs principes et leur exécution, par le major C.-E. CALLWELL, traduit et annoté par le lieutenant-colonel breveté SEPTANS, de l'infanterie de marine. — Volume in-8º de 372 pages, avec 12 croquis dans le texte....................................................... 7 50

**Expéditions militaires d'outre-mer,** par le colonel George-Armand FURSE, ayant servi dans la *Black Watch*, traduit de l'anglais, avec l'autorisation de l'auteur, et annoté par le lieutenant-colonel breveté SEPTANS, de l'infanterie coloniale. — Volume grand in-8º de 600 pages avec 12 cartes et croquis dans le texte.................................... 10 »

**Les Italiens en Erythrée.** Quinze ans de politique coloniale, par C. DE LA JONQUIÈRE, capit. d'art. brev. — Vol. in-8º de 352 p., avec 10 cartes. 5 »

**Rapport du général Lamberti,** vice-gouverneur de l'Erythrée, sur la bataille d'Adoua (1er mars 1896). — Brochure in-8º de 64 pages, avec 5 cartes dans le texte...... ................................................. 1 50

**Le catalogue général de la Librairie militaire est envoyé gratuitement à toute personne qui en fait la demande à l'éditeur Henri CHARLES-LAVAUZELLE.**

www.ingramcontent.com/pod-product-compliance
Ingram Content Group UK Ltd.
Pitfield, Milton Keynes, MK11 3LW, UK
UKHW021157230726
13926UKWH00001B/158